Frau Birger

Gruselkurzgeschichte

von

Nadine Muriel

Impressum:

1. Auflage 2025
ISBN: 978-3-8192-7761-0

Dieses Buch ist auch als eBook erhältlich.

Lektorat und Korrektorat: Rainer Wüst
Satz: PrinzO Mediengestaltung, www.prinzo.de, Rainer Wüst
Umschlag: PrinzO Mediengestaltung, www.prinzo.de, Rainer Wüst
Umschlagfoto: iStock
Bildnachweis: pick-uppath
Verlag: BoD · Books on Demand GmbH, Überseering 33,
22297 Hamburg, bod@bod.de
Druck: Libri Plureos GmbH, Friedensallee 273, 22763 Hamburg

Frau Birger

»Man ist nur so alt, wie man sich fühlt«, stand auf der Tasse. Gundi hätte sie am liebsten gegen die Wand gepfeffert. Wenn es danach ging, wäre Gundi momentan mindestens hundert. Sie presste ihre Hand gegen die Stirn und nippte an ihrem Pfefferminztee. Offenbar hatten sie und Joscha gestern mit etwas zu viel Rotwein auf ihren zwanzigsten Hochzeitstag angestoßen. Und spät war es geworden! Das Essen war erst weit nach Mitternacht fertig gewesen, denn bereits beim Zubereiten der Kürbissuppe hatten Gundi und Joscha herumgeknutscht wie zwei hormongeplagte Teenager. Und nach der Vorspeise waren sie auf der Küchenbank übereinander hergefallen und hatten sich leidenschaftlich geliebt. Die Gemüselasagne, die eigentlich in den Ofen sollte, war vergessen. Schließlich hatten sie es ausnutzen müssen, dass Lasse, ihr Sohn, ausgerechnet an ihrem Hochzeitstag zur Geburtstagsparty eines Klassenkameraden eingeladen war.

Inzwischen bezweifelte Gundi jedoch, ob sie den gestrigen Abend als gelungen bezeichnen sollte. Nicht nur ihr Kopf, sondern auch ihr Rücken schmerzte nach den Verrenkungen auf der Küchenbank, als hätte sie ein Rodeo bestritten. Und wenn sie dieses Biest sah, das Lasse von der Party mitgebracht hatte, wünschte sie, der Junge hätte den Abend vor dem heimischen Fernseher verbracht. Argwöhnisch beäugte Gundi die schwarz-orange gemusterte, etwa handtellergroße Vogelspinne, die in ihrem Terrarium hockte und pelzig wie ein Flokati aus einem Horrorkabinett aussah. Der pralle Hinterleib glich einer zuckenden Beule. Gemächlich streckte die Spinne ein borstiges Bein vor. Gundis Magen rebellierte.

Auch Joscha betrachtete den neuen Mitbewohner mit sichtlichem Unbehagen. »Hättest du nicht vorher fragen können, ob Mama und ich mit einem Haustier einverstanden sind?«, knurrte er.

»Aber Papa!« Lasses Stimme bebte vor Empörung. »Pascals Mutter hat gesagt, wenn die Spinne nicht im Laufe von drei Tagen verschwunden ist, bringt sie sie um. Das hat Pascal uns gestern erzählt. Und außer mir wollte niemand das Vieh mitnehmen. Alle hatten Angst, dass es zu Hause Zoff gibt.«

Gundi warf Joscha einen hilflosen Blick zu. Natürlich: Als überzeugte Greenpeace-Aktivisten hatten sie ihrem Kind stets eingetrichtert, allen Lebewesen mit Respekt zu begegnen. Ameisen werden nicht aus Spaß zertreten, Käfer trägt man nach draußen, statt sie zu töten, jedes Tier hat seinen Nutzen und so weiter. Die verletzte Amsel vom Spielplatz hatten sie gemeinsam mit Lasse ebenso liebevoll gepflegt wie das halbwahnsinnige Meerschweinchen, das ein Kollege von Joscha nicht mehr haben wollte. Aber hätte ihr Sohn statt einer Vogelspinne nicht ein putziges Welpchen oder Kätzchen retten können? Um ehrlich zu sein, Gundi konnte durchaus verstehen, dass Pascals Mutter dieses Ungetüm nicht tagein, tagaus um sich haben wollte. Aber solch ein Theater zu veranstalten ... Das war typisch für diese Prosecco schlürfende Edelzicke! Nein, Gundi würde ihrem Grundsatz treu bleiben, dass jedes Tier, egal ob schön oder nicht, Achtung verdiente. Sie zwang sich zu einem Lächeln.

»Hat deine neue Freundin schon einen Namen?«

»Klar. Frau Birger. Wie unsere Sportlehrerin« Lasse grinste. »Weil sie genauso behaarte Beine hat.«

Eine neue Schmerzwelle flammte durch Gundis Nacken, als sie nach der Brötchentüte griff. Nein, sie wollte jetzt keine Grundsatzdiskussion mit ihrem pubertierenden Sprössling führen – weder über Gender-Klischees, noch darüber, ob eine exotische Vogelspinne wirklich ein geeignetes Haustier für einen siebzehnjährigen Knaben war.

Vier Wochen waren seit Frau Birgers Einzug vergangen. Angewidert betrachtete Gundi das Heimchen, das in der Pinzette zappelte. Lasse hatte ihr genau gezeigt, wie man Frau Birger fütterte, ehe er zum dreiwöchigen Schüleraustausch nach Frankreich aufgebrochen war. Gundi war dankbar, dass Spinnen bloß alle paar Wochen frische Nahrung brauchten, sodass sie diese Prozedere nur einmal durchführen musste. Noch selten hatte sie sich so geekelt. Vorsichtig schob sie die vordere Wand des Terrariums beiseite. Frau Birger, die zusammengekauert vor ihrer halbierten Kokosnussschale kauerte, spreizte die Beine. Es sah aus, als ob eine fleischige Blüte sich entfaltete. Dann schien sie plötzlich beleidigt aufzustampfen. Fussel wirbelten auf. Ein brennender Schmerz durchzuckte Gundis Hand. Sie schrie auf und ließ das Heimchen fallen. Sofort sauste es unter den Nestfarn. Frau Birger krabbelte in ihre Kokosnuss. Ihr kahler Hinterleib glänzte wie poliert. Gundi umklammerte ihr Handgelenk. Nun hatte diese Höllenkreatur sie bombardiert! Auch das hatte Lasse ihr erklärt: Wenn eine Vogelspinne sich bedroht fühlte, beschoss sie den vermeintlichen Angreifer mit Reizhaaren von ihrem Hinterleib.

»Es ist nicht schlimmer oder gefährlicher, als eine Brennnessel anzupacken«, hatte er gesagt. »Außerdem passiert es dir bestimmt nicht. Mich hat Frau Birger noch nie bombardiert. Dazu ist sie viel zu faul.«

Gundi presste die Lippen aufeinander. Verdammt, es gab keinen Grund, sich so anzustellen! Wenn eine Katze sie gekratzt hätte, würde sie ja auch grinsend darüber hinwegsehen. Aber die Vorstellung, dass nun winzige Spinnenborsten in ihrer Haut steckten, war mehr als widerlich.

Aus Lasses Zimmer dröhnte Musik. Seit der Frankreich-Tour hörte der Junge dauernd Metal-CDs, die seine Austauschpartnerin ihm gebrannt hatte. Insgesamt war die Fahrt ein voller Erfolg gewesen: Mit seiner Gastfamilie hatte Lasse sich bestens verstanden und von den Wanderungen und Besichtigungstouren schwärmte er genauso enthusiastisch wie von dem Abend in der Dorfdisco. Das war mehr, als man von einem Siebzehnjährigen erwarten konnte, fand Gundi. Nun planten Lasse und seine Freunde sogar, in den Sommerferien erneut gemeinsam nach Frankreich zu fahren. Ja, der Junge wurde sehr schnell selbständig ...

Leise summend stieg Gundi die Treppe zu ihrem Büro hinab. Ein komplettes Landhaus wollte die neue Kundin mit ihrer Hilfe umbauen!

Wenn ihr Architekturbüro weiter so florierte, konnte Joscha tatsächlich nächstes Jahr seine Stelle aufgeben und bei ihr einsteigen. Gundi wusste ja, wie sehr er seine jetzige Arbeit hasste! Protzige Firmen- und Regierungsgebäude entwerfen in Ländern, wo viele Menschen nicht mal ein Dach über dem Kopf hatten ... Außerdem waren die ständigen Marathon-Meetings, die Reisen um den halben Erdball und die Zusammenarbeit mit einem cholerischen Chef Gift für Joschas zu hohen Blutdruck. Mochte Joscha auch weiterhin seine üblichen Scherze reißen, man bekäme eben automatisch Herzklopfen, wenn man mit einer so aufregenden Frau wie Gundi verheiratet war – sie wusste, dass seine aktuellen Blutdruck-Werte durchaus Anlass zur Sorge boten. Deswegen hoffte sie, dass sie bald gemeinsam von ihrem kleinen Familienbetrieb mit persönlichen Beratungen in entspannter Atmosphäre leben konnten.

Gundi schloss die Tür zu ihrem Büro auf. Im nächsten Moment prallte sie entsetzt zurück. Mitten auf dem Schreibtisch stand Frau Birgers Terrarium. Der achtbeinige Krabbler lag wie ein aufgeblähter Ball direkt an der Scheibe.

»Lasse!« Gundi stürmte zurück in die Wohnung. Der Himmel mochte wissen, was im Kopf einer Pubertaners vorging, aber eins stand fest – das war zu viel! Sie riss die Kinderzimmertür auf.

»Auch wenn du es rasend witzig findest, meine Kunddinnen und Kunden mit diesem Untier zu erschrecken, ich ...« Die Worte blieben ihr im Hals stecken. Auf der Kommode befand sich wie gewohnt das Terrarium. Gleich Tentakeln ragten Frau Birgers Beine aus der Kokosnusshöhle.

»Gibt's Stress?« Lasse, der im Bett lag und in einem Comicheft blätterte, hob den Kopf.

»Nein, ich dachte ... ich ... ach, egal.«

Gundi wandte sich um und erstarrte. Unter dem Flurregal funkelte ihr das Terrarium höhnisch entgegen. Sie rang nach Luft. Dann erkannte sie, dass es sich lediglich um den Werkzeugkasten handelte.

Benommen stolperte Gundi zurück ins Büro und schaltete mit zitternden Fingern das Licht ein. Der Schreibtisch sah aus wie immer. Hatte sie vorhin im Halbdunkel das Modell eines Penthouse-Apartments für das Terrarium gehalten? Ja, wahrscheinlich.

Gundi ließ sich auf den Ledersessel plumpsen und atmete tief durch.

Vermutlich waren einfach ihre Nerven überreizt. Seit sie damals Frau Birger füttern musste, hatte sie sowieso ständig Alpträume von dem vermaledeiten Vieh. Kein Wunder: Wenn Lasse und seine Kumpels ihre Frankreich-Pläne wahrmachten, stand ihr in den Sommerferien dieser Horror erneut bevor. Und gestern war ihr Sprössling mit einem Werbeprospekt für ein High-School-Jahr in den USA nach Hause gekommen. Bei der Vorstellung, dass sie womöglich zwölf Monate lang die Spinne versorgen musste, packte Gundi das kalte Grauen. Nein, eindeutig, Frau Birger musste fort!

»Und du bist sicher, dass Alex sich gut um Frau Birger kümmert?«

Gundi beäugte die Spinne, die unruhig auf und ab marschierte. Die mächtigen Kieferwerkzeuge mahlten. Ganz egal, wie scheußlich das Tier aussah – es tat ihr leid. Klar, Spinnen hingen nicht an ihren Besitzern wie Hunde oder Katzen. Aber trotzdem, es waren lebende Wesen! Bestimmt merkte Frau Birger, dass sie ständig von einem Ort zum nächsten geschafft wurde. Ob sie so etwas wie Furcht empfand, wenn man sie fortbrachte? Ob sie wusste, dass sie hilflos ausgeliefert war?

Lasse warf Gundi einen gekränkten Blick zu. »Wenn dir so viel dran liegt, dass es Frau Birger gut geht, könntest du ...«

»Es reicht!« Joscha runzelte die Stirn. »Wir haben uns zur Genüge darüber unterhalten.«

Ja, das hatten sie: Letzte Woche hatte Gundi den Familienrat einberufen, um zu klären, wie es mit Frau Birger weitergehen sollte. Natürlich war Lasse empört, dass er sich von seiner Gefährtin trennen sollte, aber Joscha sprach mit Engelszungen auf Lasse ein: Es war die Rede davon, wie sehr Gundi momentan durch ihre Arbeit unter Stress stand und dass man Rücksicht nehmen und jede zusätzliche Belastung von ihr fernhalten müsse. Um ehrlich zu sein, Gundi war sich vorgekommen wie eine Patientin in einer Nervenheilanstalt. Aber egal! Letztendlich hatte Lasse eingewilligt, einen neuen Besitzer für Frau Birger zu suchen. Kurz darauf hieß es, Alex, ein Mitglied aus seinem Judoverein, könne das Tier übernehmen.

Gundi lächelte. Nächstes Jahr, wenn sie und Joscha gemeinsam in ihrem Architekturbüro arbeiteten, würde sie wahrscheinlich nur noch den Kopf schütteln bei der Erinnerung, dass ihr in der kräftezehrenden Anfangsphase sogar eine Spinne wie ein Ungeheuer erschienen war.

Gundi saß auf der Toilette, als sie plötzlich unter der Heizung etwas Knubbeliges, Schwarz-Orange-Gemustertes entdeckte. Sie atmete hörbar ein. Das Gewirr aus borstigen Beinen, der ballonähnliche Hinterleib und die Beißwerkzeuge waren unverkennbar. Verdammt, wie kam Frau Birger hierher? Vor zwei Wochen hatte Lasse das Tier zu Alex gebracht! Der mächtige Spinnenkörper erhob sich. Mit ihren langen, gelenkigen Beinen stelzte Frau Birger direkt auf Gundi zu. Die Krallen klackten leise auf den Fliesen. Gundi spürte, wie sich ihre Nackenhaare sträubten. Frau Birger wurde immer schneller. Gleich einer dicken, behaarten Knolle hastete sie nun Gundi entgegen. Im letzten Moment zog Gundi ihre bloßen Füße nach oben. Ein Schrei entfuhr ihr. Beinahe wäre Frau Birger direkt über ihre Zehen geflitzt. Dann verschwand sie hinter der Waschmaschine. Gundi zerrte ihre Jeans hoch und stürmte in den Flur. Also hatte sie sich nicht getäuscht! Schon ein paar Mal war sie in den vergangenen Tagen überzeugt gewesen das flinke achtbeinige Wesen unter einen Türspalt oder einen Schrank huschen zu sehen. Lasse und Joscha hatten sie nur ausgelacht, als sie davon erzählte hatte.

»Du glaubst doch nicht im Ernst, dass Frau Birger ausgebüxt und zu uns zurückgekommen ist, weil es ihr hier besser gefällt?«, hatte Joscha gesagt. »Bei aller Tierliebe - vergiss nicht, Spinnen verfügen nur über einen sehr begrenzten Verstand. Dass sie wie Hunde ihre ehemaligen Besitzer suchen, ist ausgeschlossen.« Dann hatte er besorgt einen Arm um ihre Schulter gelegt. »Ehrlich, Schatz, du bist völlig überarbeitet. Wenn ich das Kalkutta-Projekt abgeschlossen habe, fahren wir beide für ein paar Tage zusammen weg, damit du zur Ruhe kommst, okay?«

Aber nun stand fest, dass Frau Birger irgendwie zurückgekehrt sein musste. Gundi riss die Tür zum Wohnzimmer auf, wo Joscha und Lasse gerade eine Harry Potter-DVD schauten.

»Stellt euch vor, Frau Birger ...«

»Ach, Frau Birger! Von der soll ich dir übrigens herzliche Grüße ausrichten.« Lasse schob sich eine Handvoll Chips in den Mund.

»Was?« Gundi kreischte beinahe.

»Ja, ich war vorhin kurz bei Alex. Bei der Gelegenheit hab ich auch nach Frau Birger geschaut. Sie wird immer fetter. Inzwischen sieht ihr Hintern aus, als hätte sie eine Kartoffel am Stück verschluckt.«

Gundi plumpste auf einen Sessel. Also konnte sie unmöglich Frau Birger gesehen haben. Drehte sie jetzt total durch?

»Was ist los?«, erkundigte Lasse sich. »Ich dachte, dich interessiert, wie es Frau Birger geht, weil du dir doch solche Sorgen gemacht hast, als wir sie weggegeben haben und ...«

»Schon okay. Schön, dass das Tier jetzt ein gutes Zuhause hat.«

Gundi hockte in ihrem Büro und zitterte. Immer wieder war in den vergangenen Tagen Frau Birger aufgetaucht:

Als Gundi ihren Aktenschrank öffnete, schob sich ihr ein langes, borstiges, schwarz-orange gemustertes Bein entgegen. Beim Bettenmachen sauste die Spinne plötzlich unter einem Kissen hervor. Ein andermal kauerte Frau Birger wie die Gruselversion eines plüschigen Teddybären auf dem Sofa. Inzwischen konnte Gundi kaum noch schlafen. Immer wieder erwachte sie, überzeugt, dass soeben winzige Krallen über ihre Hand getrippelt oder ein haariger Leib an ihrer Wange entlanggestreift waren. Gundi war mit ihren Nerven am Ende. Und zu allem Überfluss hatte sie heute erfahren, dass Joscha nächste Woche für einige Tage nach Kalkutta fliegen musste, um bei den Abschlussverhandlungen für das aktuelle Bauprojekt anwesend zu sein. Dann war Gundi ganz allein dem krabbelnden Ungetüm ausgeliefert! Bisher hatte sie Joscha nichts von ihren Nöten erzählt. Sie wusste ja, dass er nur annahm, sie stünde wegen ihrem Architekturbüro unter Stress. Schlimmstenfalls würde er sich weigern, bei ihr einzusteigen, um ihr nicht auch noch zur Last zu fallen. Und das wollte Gundi unbedingt vermeiden. Joschas letzte Vorsorgeuntersuchung hatte ergeben, dass das Risiko für eine Bluthochdruckkrise sehr hoch war. Er brauchte dringend einen geruhsameren Arbeitsalltag.

Ein Knistern ertönte, als ob Spinnenbeine über Papier huschten. Sofort wirbelte Gundi herum. Kroch Frau Birger durch irgendwelche Notizzettel und Unterlagen? Oder war es nur der Wind, der durch das halbgeöffnete

Fenster kam? Gundi war den Tränen nahe. Verdammt, so konnte es doch nicht weitergehen! Warum sah immer nur sie diese Höllenkreatur? Daran, dass irgendetwas Übernatürliches vorging, zweifelte Gundi nicht mehr. Aber was ...

»Schatz?« Joscha trat hinter sie. »Ich weiß ja, wie furchtbar du Elternabende findest ... Aber Herr Späh hat für den Abend vor unserem Abflug ein Meeting angesetzt. Kannst du diesmal zu Lasses Klagemütter-Treff gehen?«

Der Elternabend war wie gewohnt verlaufen: Ein paar Eltern hatten gemosert, dass von ihren Kindern viel zu viel verlangt wurde, andere hatten dagegengehalten, ohne eine vernünftige Ausbildung hätten sie keine Chance, die Lehrerin hatte nichtssagende Floskeln von sich gegeben und zum Schluss fanden alle, man müsse unbedingt gemeinsam in eine nahegelegene Pizzeria wechseln, um in ungezwungener Atmosphäre zu plaudern. Normalerweise hasste Gundi diese larmoyanten Jammerrunden, aber heute war ihr jede Gelegenheit recht, von zu Hause fortzubleiben. Allein bei dem Gedanken, dass dort Frau Birger auf sie lauerte, krampfte sich ihr Magen zusammen.

Natürlich dauerte es nicht lange, bis die Rede auf die Ferienpläne von Lasses Clique kam.

»Von mir aus könnte Pascal ganz in Frankreich bleiben – mit Sack und Pack!«

Überrascht registrierte Gundi, wie Pascals Mutter einen großen Schluck von ihrem Whisky nahm. Ansonsten gönnte diese Trantussi sich doch höchstens einen Prosecco und beschwerte sich dabei ununterbrochen, dass die lieben Kleinen viel zu frühreif und unternehmungsfreudig waren.

»Macht Ihr Sohn so viele Schwierigkeiten?«, erkundigte sich ein Vater mitfühlend.

»Ach was. Pascal ist ein braver Junge. Seine Vogelspinne ist es, die mich in den Wahnsinn treibt.« Pascals Mutter seufzte. »Eigentlich hatte ich angeordnet, dass er bei seiner Geburtstagsparty einen neuen Besitzer für das Tier finden soll. Um ehrlich zu sein, ich habe sogar gedroht, ansonsten würde ich es eigenhändig erschlagen. Zuerst hieß es auch wirklich, einer seiner Kumpels hätte es mitgenommen. Aber drei Tage später war das Biest plötzlich wieder da. Und ausbruchslustig ist es seitdem ...«

»Tja, was soll man machen, wenn der Junge derart vernarrt in seine Spinne ist? Bei uns ist es genauso«, bemerkte der Vater von Sascha.

»Nicht nur das – ich könnte mich nie überwinden, eine derart fette Spinne totzuhauen.« Pascals Mutter schüttelte sich und leerte ihr Glas in einem Zug. »Lieber tue ich so, als hätte ich nicht gemerkt, dass Pascal die Bestie wieder in die Wohnung geschmuggelt hat.«

»Die Teufelsviecher scheinen bei den Jungs echt im Trend zu sein.« Eine rothaarige Frau zündete sich eine Zigarette an. »Mein Dennis besitzt inzwischen auch eine.

Ein Freund von ihm musste sie abgeben. Sogar einen Namen hat sie: Frau Birger.«

»Und bombardiert hat mich diese Höllenkreatur!«, rief Saschas Vater. »Dabei hab ich ihr überhaupt nichts getan! Ich war nur besorgt, weil sie sich einen ganzen Nachmittag lang nicht bewegte, deswegen habe ich sie mit einem Bleistift angestupst und ...«

»Ist mir auch schon passiert«, unterbrach Pascals Mutter ihn. »Das muss irgendwas in der Spinne ausgelöst haben. Seitdem haut sie dauernd aus ihrem Terrarium ab. Nirgends ist man vor ihr sicher!«

Gundis Gedanken rasten, als sie die Haustür aufschloss. Also hatte es mit Frau Birger tatsächlich eine besondere Bewandtnis. Indem sie jemanden bombardierte, heftete sie sich wie eine Klette an seinen Alltag, tauchte fortan an den unmöglichsten Stellen auf und materialisierte sich aus dem Nichts heraus. Gab es überhaupt eine echte Frau Birger, die sich auf magische Weise vervielfältigen und an jeden beliebigen Ort zurückkehren konnte? Oder hatte Lasse von Anfang an einen Spinnengeist besessen? Und was wollte das Tier? Sich rächen? Ein sonderlich schönes Dasein hatte es schließlich nicht. Gleich einem Kettenbrief wurde es weitergegeben. Wahrscheinlich hatte ein jugendliches Großmaul es ursprünglich aus einer Laune heraus gekauft und dann ziemlich schnell das Interesse verloren. Seitdem wurde die Spinne von Hand zu Hand gereicht. Suchte sie nun bevorzugt Erwachsene heim, weil sie hoffte, dass die vernünftiger waren?

Leise betrat Gundi den Flur. Frau Birger saß direkt vor der Garderobe. Gundi überwand ihren Ekel und ließ sich nieder. Sie versuchte sich vorzustellen, was die Spinne im Lauf der letzten Jahre mitgemacht hatte. Das arme Wesen! Wie oft war es vermutlich schon fast verhungert oder verdurstet, erfroren oder unter einer zu heißen Wärmelampe verbrannt, weil ein Besitzer sich nicht richtig informiert hatte. Wie oft war es zu Tode erschrocken, wenn es mal wieder auf einer Party herumgereicht wurde? Was für ein Unding, dass jeder Brausekopf sich ein lebendes Tier kaufen durfte, das ihm auf Gedeih und Verderb ausgeliefert war! Gundi wollte gar nicht darüber nachdenken, wie viele Hamster, Kaninchen und Wellensittiche durch unsachgemäße Behandlung langsam und qualvoll zu Tode gefoltert wurden. Und ausgerechnet exotische Kaltblütler wie Vogelspinnen oder Schlangen, die besondere Lebensbedingungen brauchten, konnten kaum artikulieren, wenn sie unter einer falschen Pflege litten.

»Weißt du was, Frau Birger?«, flüsterte Gundi. »Ich werde bei Greenpeace einen Arbeitskreis gründen, der sich dafür einsetzt, dass Haustiere nicht mehr wie Ramschware verkauft werden dürfen.« Sie kicherte nervös. Himmel, jetzt war sie schon verrückt genug, ein ernsthaftes Gespräch mit einer Spinne zu führen! Und dabei hatte sie doch nur ein einziges Glas Wein getrunken. Nichtsdestotrotz fuhr sie fort: »Jeder, der sich ein Tier zulegt, soll zuerst einen Sachkundenachweis erbringen und zeigen, dass er sich ausreichend informiert hat. Was hältst du davon?«

Frau Birger stakste gravitätisch auf Gundi zu. Ihr praller Hinterleib hob und senkte sich und ihre Kiefer-Vorwerkzeuge mahlten. Die orangen Muster auf dem Vorderkörper und den Beinen schimmerten. Gundi seufzte. Ja, solch eine Petition würde wohl erst am Sankt-Nimmerleins-Tag Erfolg haben. Die Lobby der Zoohändler war viel zu mächtig! Schließlich verdienten diese Aasgeier tüchtig, wenn wieder mal ein paar Jugendliche spontan ihr Taschengeld in Kaninchen, viel zu enge Käfige und völlig ungeeignete Tränken aus dem Sonderangebot investierten. Aber egal! Wenn man genügend Öffentlichkeitsarbeit betrieb und eindringlich aufzeigte, wie sehr Tiere unter nicht-artgerechter Haltung litten, würden vielleicht einige Familien dazu übergehen, sich erst ein Handbuch über Kleintierpflege zuzulegen, ehe sie den Wellensittich oder die Rennmaus kauften.

»Und jedes einzelne Tierschicksal zählt«, murmelte Gundi und kam sich dabei so albern-pathetisch vor wie die Hauptdarstellerin in einem Walt-Disney-Film.

Sie blickte sich um. Frau Birger war verschwunden. Und dabei hatte Gundi weder gesehen, wie der pelzige Achtbeiner davonhuschte, noch das Klacken der Krallen auf den Fliesen gehört.

Gundi fühlte sich erstaunlich zufrieden, obwohl Joscha heute nach Kalkutta aufbrach. Sie hatte so gut geschlafen wie schon lange nicht mehr. Und seltsamerweise war ihr nicht zumute, als müsse jeden Moment irgendwo Frau Birger auftauchen. Eine tiefe, behagliche Ruhe erfüllte sie. War ihre nächtliche Séance tatsächlich von Erfolg gekrönt? Hatte Frau Birger lediglich herumgespukt, weil sie auf ihr Schicksal und das ihrer Leidensgenossen aufmerksam machen wollte? Suchte sie jemanden, der sich für ihre Belange einsetzte?

Ja, so musste es sein. Und Gundi würde ihr Versprechen halten! Noch heute wollte sie die Gründung des neuen Greenpeace-Arbeitskreises in die Wege leiten.

Gundi schenkte Joscha eine Tasse Kaffee ein.

»Pass auf dich auf. Du weißt ja, dein Bluthochdruck ...« Sie lächelte. »Wenn Herr Späh dich wieder zur Weißglut treibt, denk einfach dran, dass du nächstes Jahr nichts mehr mit diesem Lackaffen zu tun hast. Dann arbeiten wir beide in meinem Büro und ...«

»... und du glaubst wirklich, die Vorstellung, den ganzen Tag in deiner Nähe zu sein, bringt mein Blut nicht zum Kochen?«

Joscha musterte Gundi, die in ihrem rot schimmernden Babydoll-Nachthemd vor ihm saß, und grinste. Dann erhob er sich.

»Soll ich dir helfen, deine Sachen ins Auto zu bringen?«, fragte Gundi.

»In dem Aufzug? Leg dich lieber noch mal hin ... und träum von mir. Von uns beiden.«

»Lasse?« Gundi öffnete die Kinderzimmertür. Drei weitere herrliche Tiefschlafstunden lagen hinter ihr. »Falls du mich suchst, ich bin unten im Büro und ...«

Ihr Blick fiel auf die Kommode. Dort stand Frau Birgers Terrarium. Die Schiebetür stand offen. Die Spinne war nirgends zu sehen. Gundi kreischte auf.

»Tut mir Leid, Mama.« Lasse wirkte ehrlich zerknirscht. »Ich weiß, ich hätte es dir sagen sollen, aber es war ja nur für eine Nacht, und weil du dich so vor Frau Birger ekelst, dachten Papa und ich ...«

»Wo ist sie?« Gehetzt schaute Gundi sich um.

»In Offenbach.«

Gundi ließ sich auf einen Stuhl fallen. »Was um Himmels Willen macht Frau Birger in Offenbach?«

Nach und nach rückte Lasse mit der Sprache heraus: Alex´ Eltern waren alles andere als begeistert von Frau Birger. Tagelang hatte Alex Lasse in den Ohren gelegen, er möge Frau Birger wieder zurücknehmen. Inzwischen hatte Lasse auch Tina, einer ehemaligen Klassenkameradin, die vor einiger Zeit nach Offenbach gezogen war, von der Spinnenmisere berichtet. Tina war hellauf begeistert. Ihre Schwester besaß mehrere Vogelspinnen und hätte nichts gegen ein weiteres Exemplar einzuwenden. Aber wie sollte Frau Birger nach Offenbach kommen?

»Nachdem du weg warst, kam Alex gestern noch spontan vorbei. Beim Abendessen haben wir überlegt, ob wir Tina Frau Birger per Post schicken können«, berichtete Lasse. »Alex meinte, wenn wir ‚Inhalt: Honig' auf das Paket schreiben, geht der Briefträger garantiert vorsichtig damit um, weil er sich nicht vollkleckern will. Da hat Papa dann angeboten, Frau Birger heute auf dem Weg zum Flughafen in Offenbach abzusetzen, damit das Drama ein Ende hat.«

Tina, die in aller Eile angerufen wurde, hatte erklärt, sie brauche kein Terrarium. Ihre Schwester habe momentan ein leerstehendes, das wesentlich geräumiger sei.

»Papa war sehr erleichtert. Er hatte sich schon ausgemalt, wie das Terrarium vom Sitz kippt und zerbricht, sobald er scharf bremst, und wie ihm dann genau beim Anfahren Frau Birger ins Gesicht springt.« Lasse grinste. »Also haben wir Madame in einen Schuhkarton gepackt. Mann, die war vielleicht zickig ... Hat Papa gleich mal bombardiert. Tina wird ihre Freude an ihr haben.«

Seit drei Stunden hockte Gundi wie ein hypnotisiertes Kaninchen vor dem Telefon. Nein, sie wollte Joscha keine Vorwürfe machen, weil er der Meinung gewesen war, Gundi brauche nicht zu erfahren, dass Frau Birger eine letzte Nacht unter ihrem Dach verbracht hatte. Sie wollte einfach nur hören, dass es ihm gut ging. Auch wenn es bedeutete, dass sie selbst phantasiert hatte ...egal! Hauptsache, der vermeintliche Fluch erwies sich als Einbildung. Sie starrte auf die Uhr. Jetzt müsste Joscha längst im Hotel sein. Zum hundertsten Mal faltete sie aus einem Werbeflyer ein Papierschiff und zupfte es wieder auseinander. Hinter ihren Schläfen pochte es.

Endlich läutete das Telefon.

»Schatz? Ist alles in Ordnung?«, rief Gundi.

Am anderen Ende der Leitung war nur ein Schnaufen zu hören.

»Schatz?«

»Tut mir leid, dass ich mich nicht früher gemeldet habe. Aber hier spinnen alle – im wahrsten Sinne des Wortes!« Joscha lachte, doch es klang ausgesprochen gequält. »Stell dir vor, als ich in mein Zimmer kam, hockte genau so ein Monster wie Frau Birger auf dem Bett. Ein Riesenvieh mit orange-schwarzen Beinen ... unglaublich! Ich hab natürlich sofort an der Rezeption Bescheid gesagt. Alle taten tief betroffen und gingen mit mir auf Spinnenjagd. Die ganze Bude haben wir umgekrempelt – erfolglos. Der Portier meinte, wahrscheinlich hätte das Tier sich inzwischen unter der Tür durchgezwängt.« Joscha hustete. »Danach stand erst mal ein Begrüßungsdrink in der Lounge auf dem Programm. Kaum war ich anschließend im Zimmer, tauchte das Biest erneut auf. Diesmal lauerte es im Schrank. Ich also noch mal runter zur Rezeption und das Spiel ging von vorn los. Die Spinne haben wir nicht gefunden. Der Portier schaute mich an, als hätte ich einen an der Waffel. Zumindest durfte ich in ein anderes Zimmer umziehen. Aber rate mal, was dort plötzlich aus dem Bad geschossen kam und unter meinem Nachttisch verschwand. Ehrlich, es ist zum Verrücktwerden, ich ... ich ...« Joscha rang nach Luft.

»Bleib ruhig, Schatz.« Gundi versuchte krampfhaft das Zittern in ihrer Stimme zu unterdrücken. Mit schweißnassen Händen umklammerte sie das Telefon. Ihre Gedanken rasten. »Hast du schon Herrn Späh von der Spinnenplage erzählt?« Mit etwas Glück würde Joschas Chef annehmen, dass ihr Mann halluzinierte, und ihn früher nach Hause schicken. Herr Späh legte so viel Wert auf einen gediegenen Außenauftritt, da konnte er einen Mitarbeiter am Rand des Nervenzusammenbruchs gewiss nicht gebrauchen!

»Klar. Aber er will, dass ich kein großes Aufheben darum mache.« Joscha keuchte jetzt. »Er vermutet, dass irgendwelche Zimmerjungen mir einen Streich spielen. Und weil der Hotelbesitzer ein guter Kunde von ihm ist, möchte er keinen Ärger.« Ein neuer Hustenanfall schüttelte Joscha. »Aber wie ich das durchstehen soll ... ständig damit rechnen, dass mir das Höllentier über die Füße flitzt ... oder dass es nachts über mein Gesicht krabbelt, während ich schlafe ...«

»Joscha!« Gundi konnte nichts dagegen tun, dass sie kreischte. Ihr Herz hämmerte, als wolle es jeden Augenblick den Brustkorb sprengen. »Du gehst sofort zu Herrn

Späh und sagst ihm, dass du unter diesen Bedingungen keine fünf Minuten bleibst. Er soll dir noch heute einen Rückflug organisieren. Verstanden?« Ja, sollte Herr Späh doch toben, sollte er Joscha feuern! Das spielte jetzt keine Rolle. »Hast du wenigstens deine Bluthochdruckmedikamente genommen?«

»Wann denn? Erst der Flug, dann sofort der Empfang, zwischendurch das Hin und Her wegen der Spinne .... Aber ... warte! Da drüben ist sie! Wenn ich sie jetzt erwische, dann ... dann ...«

»Joscha!« Gundi brüllte aus Leibeskräften. »Nicht! Dein Bluthochdruck ...«

Irgendetwas polterte. Ein Röcheln war zu hören, das in ein wimmerndes Krächzen überging. Dann Stille.

»Joscha?« Gundi schluchzte. »Joscha?«

Niemand antwortete.

Nadine Muriel

Nadine Muriel, geboren 1977 in Trier, lebt in Heidelberg, wo sie Germanistik, Soziologie sowie klassische Indologie studierte. Seit 2010 ist sie in dem von ihr gegründeten Unternehmen »Schreibcoaching Federfunken« als Lektorin und Schreibberaterin tätig.
Die schreibwütige Lebenskünstlerin hat bereits zahlreiche Texte in verschiedenen Verlagen veröffentlicht. Zudem betätigt sie sich als Herausgeberin. Ihre Kurzgeschichte »Coleo« belegte 2020 beim Deutschen Science Fiction Preis den zweiten Platz. 2023 wurde ihr Essay »Abspann« über die Variabilität sozialer Normen mit dem ersten Platz beim Rain. A. Zondergeld Preis ausgezeichnet.
Ihre Freizeit verbringt sie bevorzugt mit Wandern, Geocachen, Kochen, Lesen, rockiger Musik und guten Filmen.

Auf Facebook findet ihr Nadine Muriel unter
»Nadine Federfunken Muriel«.

Auf Patreon könnt ihr Nadine Muriel aka »Nadine Federfunken Muriel« unterstützen und dafür zusätzliche Updates erhalten: https://www.patreon.com/NadineMuriel.

Infos über Schreibcoaching Federfunken gibt´s unter
www.federfunken.wordpress.com.

Armando Sinister

Armando Sinister ist das Pseudonym von Rainer Wüst, der 1965 in Schorndorf geboren wurde. Er lebt seit vielen Jahrzehnten im Ruhrgebiet. Mit zwanzig erlernte er den Beruf des Schriftsetzers und wurde sogar noch gegautscht. Jahrzehntelang verfeinerte er sein Können in Verlagen, Werbeagenturen, Litho-Anstalten und Druckereien. Dabei genoss er den respektvollen, liebevollen Umgang mit selbst gestalteten Büchern immer sehr. Heute ist er selbstständiger Mediengestalter (www.prinzo.de). Seinen größten sportlichen Erfolg erlangte er 2003 mit seinem ersten von fünf Marathonläufen. Daraufhin machte er noch den Trainerschein und eine Ausbildung zum Massagetherapeuten.
Seit 2007 bringt ihn die Freude an Büchern dazu, auch selbst Geschichten zu Papier zu bringen. Im Laufe der Zeit entstanden so mehrere Kurzgeschichten. Außerdem hatte er für zwei Anthologien die Herausgeberschaft. 2022 erlangte die Anthologie »Das geheime Sanatorium«, die Rainer Wüst zusammen mit Nadine Muriel herausgegeben hat, den dritten Platz beim Vincent-Preis. Außerdem wurde seine Kurzgeschichte »Pelzibub« zur PAN-Story des Monats Februar 2023 gekürt. Jetzt gibt er die Grusel- und Horrorreihe »Sinisters Dark World« heraus.

Auf Patreon könnt ihr Rainer Wüst aka »Rainer Wuest« unterstützen und dafür zusätzliche Updates erhalten: https://www.patreon.com/RainerWuest.

Auf Facebook findet ihr mich unter: »Rainer Wüst«.

Sie wollen Ihr eigenes Buch veröffentlichen?

Hier finden Sie ein Team, das Ihnen dabei behilflich sein kann:

Sie brauchen ein Lektorat oder einen Schreibcoach?
Nadine Muriel vom Schreibcoaching Federfunken steht Ihnen mit Rat und Tat zur Seite.
Fragen Sie nach einem Angebot:
www.federfunken.wordpress.com
E-Mail: schreibcoaching.federfunken@web.de
Tel. 0157/75 38 04 85

Schreibcoaching Federfunken

Ein gut gestaltetes Buch können Sie bei Rainer Wüst von PrinzO Mediengestaltung bekommen.

Sie erhalten gerne ein Angebot:
www.prinzo.de
E-Mail: kontakt@prinzo.de
Tel. 0172/5 97 97 36

Natürlich können Sie auch ein Komplettangebot für Gestaltung und Lektorat erhalten. Dafür schicken Sie an eine der beiden oben genannten E-Mail-Adressen eine Anfrage mit dem Betreff: »Komplett-Angebot Buch«.

www.ingramcontent.com/pod-product-compliance
Lightning Source LLC
LaVergne TN
LVHW041526190726
843491LV00009B/2940

9783819277610